Les Ordres Persans

J. FRASER
Chevalier de la Légion d'Honneur

J.L. BRUNET
Commandeur de l'Ordre Impérial du Lion et du Soleil
Directeur des *Actualités Diplomatiques & Coloniales*

PRÉFACE ET APPENDICE PAR
Le Cheikh Abou Naddara Chafik-Mansour

Dépositaires et illustrations de Paris-droite

PRIX : 2 Francs

ACTUALITÉS DIPLOMATIQUES & COLONIALES
19, Boulevard Malesherbes — PARIS (VIII°)

Août 1902

En Vente chez ARTHUR BERTRAND, Éditeur
Librairie Scientifique et Militaire
35, Rue de l'Arbalète — PARIS

LES ORDRES PERSANS

Les Ordres Persans

PAR

L. BRASIER
Chevalier de la Légion d'Honneur

J. L. BRUNET
Commandeur de l'Ordre Impérial du Lion et Soleil de Perse
Directeur des ACTUALITÉS DIPLOMATIQUES ET COLONIALES

PRÉFACE ET APPENDICE PAR

Le Cheikh Abou Naddara Chaër-el-Molk

2 Portraits et 8 Illustrations de Jules DROIT

PRIX : 2 Francs

« ACTUALITÉS DIPLOMATIQUES & COLONIALES »
43, Boulevard Beauséjour, PARIS (XVIᵉ)

JUIN 1902

En Vente chez ARTHUS BERTRAND et BÉRANGER
Éditeurs, Fabricants d'Ordres
46, Rue de Rennes, Paris (VIᵉ)

Les dessins des Ordres ont été exécutés par Jules DROIT, d'après les documents de MM. Arthus Bertrand et Béranger, Editeurs, fabricants d'Ordres, 46, Rue de Rennes, Paris, VIe.

S. M. I. Mozaffer-ed-Din Schah[1]

Cet Auguste Souverain persan est aujourd'hui aussi connu en Europe qu'en Asie et aussi populaire en France que dans son Empire.

Les principaux journaux d'Orient et d'Oc-

nous, qui avions célébré son père, de vénérée mémoire, souhaitâmes en ces termes la bienvenue en France à Sa Majesté :

Salut, valeureux triomphateur de la Foi (2).

Gloire à toi, ô indomptable Lion d'Iran (3).

S. M. I. MOZAFFER-ED-DIN SCHAH
Empereur de Perse

cident ont publié son sympathique portrait et sa biographie intéressante et, il y a deux ans, ils ont entretenu leurs millions de lecteurs de ses voyages à travers l'Europe et de sa visite à l'Exposition de 1900. Oui, nos confrères du monde entier ont chanté les louanges de ce Grand Monarque Asiatique et

A ton approche, ô bel Astre d'Orient, les

(1) Nous ne saurions mieux trouver, comme préface et appendice à cet ouvrage, que les deux articles si poétiques que notre vénérable Cheikh Abou Nadarra, Chaër-el-Molk, a consacrés à S. M. I., le Schah et à son Eminent ministre à Paris, publiés dans nos " Actualités Diplomatiques et Coloniales " de Février-Mars 1901

(2) Mozaffer-ed-Din, signifie triomphateur de la Foi.

(3) Lion d'Iran et le Soleil sont les emblèmes persans.

nuages se dissipent et le ciel bleu apparaît dans toute sa splendeur.

Ne bats pas si fort, ô mon cœur ! Sache que la joie tue plus que la douleur.

Et vous, mes yeux, que ce soleil d'Iran illumine par ses brillants rayons, contemplez avec calme le digne successeur de l'immortel Nasser-ed-Din Schah.

Dites-moi, ô valeureux fils de France, qui accueillez Mozaffer-ed-Din avec tant d'amour, ne ressemble-t-il pas à son père, de glorieuse mémoire ?

Oui : il a la noblesse de son aspect, la sérénité de son regard et la douceur de son sourire.

Comme son illustre père, il inspire à tous ceux à qui Dieu accorde le bonheur de l'approcher une sympathie irrésistible et un sincère dévouement.

Ah ! Pourquoi ne suis-je pas Saadi ? Pourquoi ne suis-je pas Hafiz ? les poètes sublimes de la Perse. Eux seuls pouvaient chanter dignement les louanges de Mozaffer-ed-Din Schah, l'hôte bien-aimé de la France.

Pourtant leurs divins poèmes m'ont inspiré une céleste ardeur, et c'est à leur éloquence que je dois les vers et la prose rimée que j'ai consacrés à ta Majesté Impériale, ô Auguste Souverain de Perse, depuis ton avènement au trône jusqu'à ce jour.

Les vœux ardents que mon cœur a élevés au ciel pour ta grandeur et ton triomphe, le Maître de l'Univers les a exaucés.

Que son nom soit béni !

Avec les yeux de l'imagination, je te vois, ô Mozaffer-ed-Din, te diriger rayonnant de santé vers Paris, la Capitale de la nation amie.

Dans cette ville-lumière, des millions de cœurs palpitent pour t'approcher et des millions d'âmes soupirent pour te contempler.

Viens, viens, ô tout-puissant monarque.

Viens et regarde la joie qui brille sur les gracieux visages des aimables Parisiennes à ton approche.

Dans l'air, j'entends déjà retentir les cris de : « Vive le Schah ! Vive la Perse ! »

L'écho de ces cris enthousiastes qui partent du fond des cœurs français résonne à Téhéran et se répercute dans tous les points de la Perse.

Du haut de la Tour Eiffel, la France souhaitera la bienvenue à son hôte impérial et appellera sur son Auguste tête les bénédictions du Ciel.

Ton noble cœur, ô bon et loyal Mozaffer-ed-Din, battra des battements des cœurs aimants des Français, dont tu admires le génie dans leurs chefs-d'œuvre qui font la gloire de l'Exposition de 1900.

Si le Président Carnot a mérité l'amitié sincère de Nasser-ed-Din Schah, le Président Loubet est digne de tes sympathies, ô intelligent Empereur d'Iran.

S'il plaît à Dieu, je vous verrai tous deux, Schah et Président, entrer au milieu des acclamations universelles dans le Palais Persan de l'Exposition.

Cette belle section, que tout le monde admire, soupire après toi, son Auguste Maître, comme la fiancée soupire après son bien-aimé.

Ce jour-là, ma Muse orientale accordera sa lyre et chantera la France et la Perse comme elle chante toujours l'Egypte et la France.

Ces souhaits de bienvenue trouvèrent grâce aux yeux de Sa Majesté qui daigna exprimer le désir de nous voir à Contrexéville. Nous nous y rendîmes de suite et avons eu l'insigne honneur d'être présenté à Sa Majesté par son Grand Vizir S. A. Ettebague Aazam qui a tant de bienveillance et de sollicitude pour nous ! Le Schah magnanime nous reçut gracieusement et daigna nous écouter avec attention. Il est très versé dans la littérature persane, la théologie musulmane et l'histoire universelle. La France et les Français ont ses vives sympathies. Nous sommes fier d'avoir été son hôte personnel pendant une semaine à Contrexéville où nous avons eu le bonheur de lui causer quatre fois, et, plus nous le voyons plus nous apprécions son caractère noble et chevaleresque. Il nous traita avec tant de bonté que nous osâmes lui présenter comme modeste souvenir notre bague, espèce de talisman contre le mal, en lui disant : « Salomon, le roi sage, accepta un humble présent ; que Votre Majesté daigne agréer l'hommage de cette ancienne bague de mes ancêtres ». « Je n'ai jamais reçu de cadeaux, nous dit en souriant, l'Auguste Souverain d'Iran, mais j'accepte votre présent et je vous ferai don d'une de mes bagues ». Nous baisâmes sa main, dont les bienfaits se répandent subitement et sans qu'il les ait promis. Puis, levant les yeux au ciel, nous invoquâmes les saintes bénédictions du Très Haut sur sa tête Impériale,

Le jour de notre départ, son ministre à Paris, le Maréchal Nazare-Aga, qui a tant de bonté pour nous, nous remit la bague en nous disant : « Vous devez être content, Cheikh, de votre voyage à Contrexéville. Vous avez beaucoup plu à notre Souverain bien-aimé, et la preuve, c'est qu'il a daigné vous offrir une bague, cadeau qu'un ministre préférerait à 50 mille francs ».

Nous remerciâmes Son Excellence en la priant de nous continuer sa haute protection qui, depuis notre arrivée en France en 1878, ne nous a jamais fait défaut.

A Paris, tout ce que nous avions prédit à Mozaffer-ed-Din Schah s'est réalisé à la lettre, Dieu merci. Il a eu l'accueil le plus cordial et le plus chaleureux de la part de l'éminent Chef d'Etat de la France et des vaillants ministres de la République, et fut acclamé avec enthousiasme par la population parisienne.

L'attentat indigne et infâme commis contre sa vie précieuse, le rendit plus grand et plus cher aux yeux du monde en général et de la France en particulier, et nous adressâmes le jour même à Sa Majesté nos sincères félicitations en ces termes :

Oh ! qui me donnera la voix des poètes sublimes de l'Orient pour chanter les louanges de Dieu, le Clément, le Miséricordieux, qui préserva d'un odieux attentat les jours précieux de son Elu Mozaffer-ed-Din Schah ?

Mais le Très-Haut, qui lit dans le cœur de ses créatures, sait combien son fidèle serviteur Abou-Naddara est reconnaissant à sa bonté divine pour le salut miraculeux de l'illustre hôte de la France.

Que son nom soit béni et glorifié !

Car c'est lui, le Tout-Puissant, qui fortifia les bras du Grand-Vizir et du Ministre de la Cour pour arrêter le coup fatal.

Oui, c'est Toi, Seigneur, qui as inspiré à l'Auguste Souverain de la Perse le courage et l'intrépidité pendant l'attentat et la sérénité et le calme après la lutte.

Et maintenant, quelle langue pourrait décrire la grande indignation des Français contre le scélérat qui osa lever sa main immonde sur la personne sacrée de leur visiteur Impérial ?

Quelle éloquence pourrait exprimer la joie et l'allégresse des fils magnanimes et généreux de la France en apprenant que leur bien-aimé Mozaffer-ed-Din s'était valeureusement défendu et avait triomphé de son agresseur !

Comme ils étaient émus et enchantés, ces bons Parisiens, en revoyant Sa Majesté les yeux brillants de bonheur et la bouche souriante !

Quelles acclamations enthousiastes et quels joyeux cris de : « Vive le Schah ! » ont retenti dans l'air !

Le monde entier en entendit l'écho.

Le grand Mozaffer-ed-Din aime la France, car il sait combien ses braves enfants le chérissent.

La preuve de ses vives sympathies pour cette terre hospitalière, pour sa nation loyale et vaillante et pour son chef d'Etat juste et bon, c'est que Sa Majesté a décidé de prolonger son séjour au sein de la France, de cette mère glorieuse d'hommes de génie et de cœur.

Ah ! combien cette heureuse nouvelle a transporté de joie les Parisiens !

« Il ne part pas encore, le Schah, s'écrient-ils ; il nous aime et reste quelques jours de plus chez nous. »

Rendons donc des actions de grâces à Dieu, Sauveur de Mozaffer-ed-Din Schah, et félicitons les Français et les Persans, les uns pour le salut de leur hôte bien-aimé, les autres pour la conservation de leur souverain adoré.

Quant au Schahenschah, le Roi des rois, nous félicitons sincèrement Sa Majesté de l'amour qu'Elle a su inspirer à la noble nation française qui gardera de sa visite Impériale un souvenir parfumé d'amitié, d'estime et de considération,

Puisse le Tout-Puissant, qui fut ton bouclier, ô grand Mozaffer-ed-Din, continuer à te bénir et à te protéger !

Ne crains rien, ô brillant soleil d'Iran, ô lion indomptable de la Perse ! Les anges du Maître de l'Univers te gardent. Ils t'accompagnent partout où tu iras.

Que la paix soit avec toi et que les bénédictions du Très-Haut ne te quittent jamais !

S. A. Ettabague Aazam, le Grand Vizir, a bien voulu nous faire l'honneur de mettre la traduction persane de nos félicitations sous les yeux de son Auguste Maître qui daigna en exprimer sa haute satisfaction.

Le lendemain Sa Majesté nous reçut et nous conféra la plaque de Grand Officier de son ordre Impérial du Lion et du Soleil, en récompense de nos écrits et nos' discours en faveur de son pays.

Nous sommes sorti de Son Auguste présence enchanté et en faisant des vœux pour son bonheur et pour la prospérité de son Empire.

Nos confrères persans ont eu l'amabilité de publier dans leurs journaux accrédités, d'abord, nos souhaits de bienvenue à Sa Majesté et puis nos félicitations du danger auquel le souverain a échappé. Cela nous fit connaître davantage par tous les fidèles sujets de S. M. I. le Schah qui, résidant, ou de passage à Paris, nous honorent de leurs visites. Nous avons ainsi eu l'honneur de connaître et de fréquenter S. A. le Prince Eetessam-es-Saltaneh, neveu de S. M. I. le Schah et gendre de son éminent Grand Vizir S. A. Ettebague Aazam. Ce prince est resté plus d'un mois à Paris après le départ de son oncle Impérial. C'est un ami des lettres et des beaux arts, il écrit et peint bien.

Pour donner aux chers lecteurs une idée de la grandeur d'âme, de la noblesse de cœur et de la délicatesse du caractère de ce prince intelligent et éclairé, nous n'avons qu'à citer un fait :

Au cours d'une de nos conversations, Son Altesse nous demanda :

— Comment se fait-il que vous ne portez pas toujours la bague que Sa Majesté vous a donnée ?

— Nous avons trouvé, répondîmes-nous, la main de notre femme plus digne que la nôtre pour faire admirer la précieuse bague impériale.

— Si la destinée décerne à votre noble épouse les cadeaux que vous recevez, dit en souriant son Altesse, au lieu d'une bague pour votre doigt, nous allons vous donner un bracelet pour son bras.

Et, le jour de son départ, ce prince magnanime et spirituel nous offrit un très joli bracelet d'émeraudes et brillants.

Son Altesse nous fait l'honneur de nous écrire, de Téhéran, en français, mais dans son style persan si poétique et si gracieux.

Notre cher ami et excellent confrère Cheikhs-ul-Molk, le savant et littérateur persan que tout Paris connaît, nous présenta à S. Exc. Mestewfi-el-Mamalck, personnage très aimé, estimé et admiré à Téhéran. Il est à Paris depuis quelques mois pour cause de santé. Mais les soins de son corps ne lui font pas négliger ceux de l'esprit. Il étudie assidûment le langage sublime de Victor Hugo, et son salon est devenu le rendez-vous des princes et étudiants persans et des principaux savants et poètes de la ville-lumière. Nous allons souvent passer une heure en compagnie de Son Excellence et ne prenons jamais congé sans avoir appris quelque chose de beau, de vrai et d'utile.

Son Exc. Seni ed-Dewlé, gendre de S M. I. le Schah, est actuellement un des nobles hôtes de la France. Il daigna exprimer le désir de nous voir. Nous nous rendîmes aussitôt à l'Empérial Hôtel, où Son Excellence est descendue et lui présentâmes nos respectueux hommages. L'accueil fut des plus gracieux et l'entretien très cordial fut pour nous très instructif ; car Seni-ed-Dewlé est un éminent homme d'Etat et un érudit distingué. Outre les langues orientales qu'il connaît à fond, Son Excellence parle couramment le français et l'allemand dont les littératures lui sont familières.

Nous félicitons S. M. I. le Schah d'avoir dans son gouvernement et dans sa Cour des hommes si remarquables qui comprennent ses hautes pensées et exécutent ses plans qui n'ont d'autre but que le progrès et la civilisation de sa nation et la paix et la prospérité de ses États.

Et maintenant qu'on nous permette de terminer ce long article franco-persan par les derniers quatrains de notre ode de souhaits de bon voyage à S. M. I. Mozaffer-ed-Din Schah :

La Perse, en France, est sympathique
Et son souverain est chéri.
« Longue vie au Schah magnifique ! »
J'entends partout ce joyeux cri.

La Perse aussi aime la France
Et sa vaillante nation,
Et leur souhaite l'abondance,
La paix, la joie et l'union.

Vive la cordiale entente
Des peuples persan et français !
Allah ! rends-la toute puissante
Et couronne-la de succès.

Le Cheikh Abou Naddara Chaer-el Molk.

LES ORDRES PERSANS

INTRODUCTION

C'est à la fin du 8e siècle que se révélèrent à l'Europe les merveilles fabuleuses de la Perse et ses richesses agrandies par l'éloignement et l'inconnu.

En 807 le Calife de Bagdad (?) Haroun-Al-Raschid rendit visite à Charlemagne et l'histoire nous a transmis la nomenclature magnifique des présents qu'il lui offrit.

C'était d'abord une *horloge*.

« Le cadran était composé de 12 petites portes; chaque porte s'ouvrait à l'heure, et laissait tomber un nombre égal de petites boules sur un tambour d'airain. L'œil jugeait l'heure par la quantité de portes ouvertes ; l'oreille par le nombre de coups frappés par les boules.

A la 12e heure, sortaient 12 petits cavaliers qui faisaient le tour du cadran et refermaient les portes. »

Il y avait aussi un pavillon de fin lin, varié de diverses couleurs. (1)

L'histoire de ce temps est muette sur l'échange de décorations, cette politesse des souverains.

Le premier ordre persan connu est celui d'Ali ;

Les décorations persanes sont :

L'Ordre d'Ali ;

L'Ordre de Timsal ;

L'Ordre du Soleil qui devint bientôt l'Ordre du Lion et du Soleil.

L'Ordre pour les Dames (Soleil).

Les médailles sont :

Celles du Lion et du Soleil ;

La médaille de l'Instruction publique ;

Le Nichan-Ilmie, médaille pour les arts et les sciences.

____

(1) Eginhard in vita Caroli Magni.

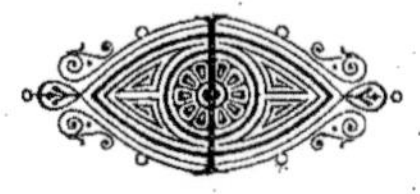

I. ORDRE D'ALI

L'Iman Ali, né à la Mecque en 602, cousin et gendre de Mahomet dont il avait épousé la fille préférée Fatime, mourut à Coufa en 661. Mahomet disait de lui : Je suis la ville de la science, mais Ali en est la porte.

Ali devint 4e Calife et fonda la secte musulmane des Chiites à laquelle appartiennent les Persans.

Aussi les souverains de ce pays portent-ils comme ornement l'Ordre d'Ali.

C'est un bijou de forme ovale, entouré de diamants portant au centre le Lion et le Soleil. Au-dessus du bijou est la couronne de Perse en brillants.

L'Ordre d'Ali est le premier ordre de l'Empire.

Classes. — Il comprend 3 classes :

La 1re classe, *Aqdess*, n'est portée que par le Souverain.

La 2e classe se nomme *Koudss* :

La 3e, *Mouqnadess*.

Ces trois mots signifient Sainteté.

Ruban. — Le ruban est bleu clair.

II. ORDRE DE TIMSAL

Cet Ordre consiste dans le portrait du Schah entouré de diamants.

Classes. — Il y a trois classes :

La 1re a trois rangées de diamants, la 2me en a deux, et la 3me une seule.

Ruban. — Vert.

III. ORDRE DU SOLEIL

En 1808, le Schah Feth Ali voulut avoir une décoration nationale pour récompenser les mérites et les services rendus au gouvernement et au Souverain par les Persans ou par les étrangers.

Le nouvel Ordre du Soleil eut d'abord 2 classes distinguées par une plaque pour la 1re classe, une médaille pour la 2e.

Afin de donner plus de prestige à l'Ordre, le Schah Feth Ali lui donna l'appellation de *Lion et Soleil (Chir ou Khonrchid)*, afin de marquer que le soleil se levait dans toute sa puissance, sa splendeur.

1re classe : Grand Cordon ;
2e   —   : Grand Officier ;
3e   —   : Commandeur ;
4e   —   : Officier ;
5e   —   : Chevalier.

Décorations. — La décoration, pour les militaires, consiste en un médaillon représentant un lion debout tenant un sabre dans une de ses pattes, et ayant derrière lui le soleil rayonnant.

Le médaillon destiné aux civils comporte un lion couché sans épée.

Le médaillon est entouré de rangées de facettes d'argent taillées en diamant, et posé sur des

ORDRE IMPÉRIAL DU LION ET SOLEIL
Officier

En 1858, le Schah Nasser-ed-Din remania complètement les statuts.

Classes. — A l'origine, l'ordre ne comportait que 2 classes : une étoile, une médaille ; cette dernière avait trois grandeurs différentes.

En 1858, l'Ordre comprend 5 classes.

rayons d'argent diamantés. Le nombre des rangs de facettes et des rayons d'argent varie suivant les classes.

Ainsi les Grands-Cordons ont 3 rangs de facettes et 8 rayons d'argent séparés par un rayon d'émail vert ; les Grands Officiers ont 2 rangs de facettes et 7 rayons ; les Commandeurs n'ont qu'un rang de facettes et 6 rayons seulement, le médaillon est surmonté d'un soleil d'argent diamanté. Les Officiers ont 5 rayons ; le médaillon est également surmonté d'un soleil d'argent diamanté ; les Chevaliers ont aussi 5 rayons, mais n'ont pas de rayons d'émail ni de soleil d'argent.

Ruban. — Le ruban est vert.

ORDRE IMPÉRIAL DU LION ET SOLEIL
Commandeur

Manière de porter la décoration. — Les Grands-Cordons portent l'insigne en baudrier, de l'épaule droite à la hanche gauche, et ont une plaque sur le côté gauche de la poitrine.

Les Grands Officiers portent également la plaque sur le côté gauche.

Les Commandeurs portent l'insigne en sautoir.

Les Officiers le portent à la boutonnière ; les Chevaliers également ; les Officiers ont seulement une rosette sur le ruban.

Brevets. — Les premières décorations du Soleil et du Lion accordées à des Français furent celles décernées au général Gardanne et au personnel de la mission envoyée en Perse en ambassade, en 1808.

La traduction des brevets qui leur furent remis est très curieuse ; elle existe dans les archives de la Grande Chancellerie de la Légion d'honneur, mais elle nous a semblé trop littérale pour mériter d'être reproduite dans cette étude.

***

Les brevets délivrés actuellement sont ainsi formulés :

ORDRE IMPÉRIAL DU LION ET SOLEIL
Plaque de Grand Officier

Empreinte du Sceau de S. M. I. le Schah.

« Vu la parfaite amitié des deux puissants Gouvernements de Perse et de France et en raison de Notre bienveillance Impériale envers M. ...

« Nous avons daigné lui conférer dans cette année fortunée de..... (année de.....) la décoration de l'Ordre du Lion et du Soleil de la..... classe (.....) afin qu'en la portant sur sa poitrine il en soit fier et honoré parmi ses égaux.

« Fait dans le mois de.... de l'année..... de l'Hégire..... »

Au revers un grand sceau carré émanant du Ministre des Affaires Étrangères du Gouvernement Persan.

L'Ordre du Lion et du Soleil comprend également plusieurs médailles.

ORDRE IMPÉRIAL DU LION ET SOLEIL
Plaque de Grand Cordon.

IV. ORDRE POUR LES DAMES

Institué en 1873, à la suite du voyage du Schah Nasser-ed-Din en Europe, et destiné surtout aux princesses des familles souveraines. Il y eut cependant quelques exceptions ; ainsi Madame la Maréchale de Mac-Mahon reçut cette décoration.

Décoration. — Plaque en diamants se portant en sautoir.

Ruban. — Mi-partie violet clair et blanc

Les principales Médailles sont :

Iº MÉDAILLE DU LION ET DU SOLEIL

MÉDAILLE DE GUERRE (face)

MÉDAILLE DE GUERRE (revers)

Se donne, en Perse, aux militaires seulement et à l'étranger, aux militaires et aux civils titulaires de grades inférieurs ou de fonctions modestes.

Classes. — 2 classes :
1re classe : or.

2e classe : argent.

Ruban. — Vert.
Il est toujours délivré avec ces médailles un brevet libellé en langue persane, et portant le sceau du Ministère des Affaires Etrangères de Perse.

2° DÉCORATION DE L'INSTRUCTION PUBLIQUE

Fondée en 1850, lors de la fondation de l'Université de Téhéran.

Se donne surtout aux élèves les plus distingués de cette Université.

Classes. — 3 classes :
1re classe : Médaille en or.
2e classe : Médaille en argent.

3e classe : Médaille en cuivre.

Décoration. — Médaille à dix rayons. Au centre, un médaillon en émail représentant un Lion d'or couché sur un tertre vert, au fond, un Soleil d'or sur large ciel bleu.

Ruban. — Vert foncé.

NICHAN ILMIE
MÉDAILLE POUR LES ARTS ET LES SCIENCES

Cette décoration est la même que la précédente qui, depuis quelques années, se confère aux étrangers qui se distinguent dans les arts, les sciences ou les lettres.

Classes. — Trois classes :
1re classe : Médaille d'or.
2e classe : Médaille d'argent doré.
3e classe : Médaille d'argent.

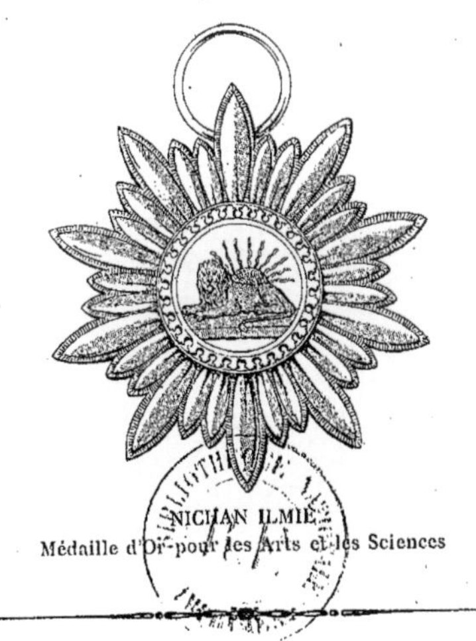

Médaille d'Or pour les Arts et les Sciences

DEUXIÈME PARTIE

FORMALITÉS

à remplir pour les Français décorés d'Ordres Persans

Les Français ayant obtenu des décorations Persanes sont soumis aux formalités prescrites par les décrets des 10 juin 1853, 12 mars 1875, 8 novembre 1883 et 16 janvier 1897, pour être autorisés à accepter et à porter ces décorations.

Il faut adresser les pièces indiquées ci-après au ministère dont relève le demandeur à raison de ses fonctions ou de son emploi. S'il n'exerce aucune fonction publique ou n'a que des fonctions gratuites, c'est au Préfet du Département qu'il transmet son dossier.

La demande de transmission à la Grande Chancellerie du dossier doit être faite sur feuille de papier timbré de 0 fr. 60 centimes.

1° Demande en autorisation au Grand Chancelier sur papier timbré à 0 fr. 60. Indiquer les motifs qui ont valu la décoration.

2° Brevet original accompagné de sa traduction officielle par un traducteur juré.

3° Extrait d'acte de naissance sur papier timbré.

4° Casier judiciaire ayant moins de 3 mois de date.

5° Récépissé constatant le versement à la Recette centrale de la Seine, Place Vendôme, n° 16, à Paris, ou, dans les Départements, à la Caisse du Receveur des Finances de l'arrondissement, d'une des sommes ci-dessous fixées, pour droits de Chancellerie :

100 francs pour la décoration portée à la boutonnière ;

150 francs pour la décoration portée en sautoir ;

200 francs pour la décoration portée en sautoir avec plaque ;

300 francs pour la décoration portée en écharpe avec plaque.

Ces dernières prescriptions on été complétées par un décret du 16 Janvier 1897, ainsi conçu :

ARTICLE PREMIER. — .....sans que le total des « versements successifs opérés par le titulaire « pour divers grades d'un même ordre, ou par « les différents ordres d'un même pays puisse « dépasser : dans le premier cas, le droit du « grade le plus élevé pour lequel il est autorisé ; « dans le second, le droit maximum de trois « cents francs (300). »

Les membres de la Légion d'honneur sont dispensés de la production des pièces 3 et 4.

Les fonctionnaires n'ont pas à produire le casier judiciaire.

Les personnes qui ont obtenu déjà l'autorisation de porter une décoration coloniale française ou une décoration étrangère ne sont pas astreintes à la production de la pièce n° 3.

Les députés, les sénateurs adressent directement leurs demandes au Grand Chancelier de la Légion d'honneur.

Une ampliation du décret d'autorisation sur parchemin avec reproduction de la décoration autorisée est remise au titulaire avec la pièce n° 2 par l'intermédiaire du ministre ou du préfet qui a transmis la demande.

Les droits perçus par la Grande Chancellerie servent à l'expédition de ce brevet, et à augmenter les fonds de secours destinés aux veuves et aux orphelines des membres de la Légion d'honneur.

Par analogie avec les Ordres Coloniaux français, les décorations persanes sont soumises, *en principe*, aux prescriptions du décret du 12 Janvier 1897 :

« Nul ne peut porter une décoration de commandeur s'il n'est officier supérieur ou d'un rang équivalent.

« Nul ne peut être autorisé à porter une décoration avec grand cordon ou plaque s'il n'est officier général ou d'un rang équivalent, et s'il n'est au moins officier de la Légion d'honneur. »

règlement d'administration publique en date du 14 avril 1874, réglant les peines à infliger pour les actions qui ne peuvent être l'objet d'aucune poursuite devant les tribunaux ou les conseils de guerre, et qui cependant attentent à l'honneur.

La procédure employée pour les légionnaires est également exécutée à l'égard des Français décorés d'ordres étrangers.

Pour mettre fin aux abus graves introduits

Brevet de la Grande Chancellerie de la Légion d'Honneur.

Discipline. — Les décorations étrangères sont soumises en France aux prescriptions des décrets du 10 juin 1853 et 9 mai 1874.

Le décret du 10 juin 1853 est ainsi conçu :

» ART. 13. — Les dispositions disciplinaires » des lois, décrets et ordonnances sur la Légion » d'honneur sont applicables aux Français dé- » corés d'ordres étrangers : en conséquence, le » droit de porter les insignes de ces ordres peut » être suspendu ou retiré dans les cas et selon les » formes déterminées pour les membres de la » Légion d'honneur. »

Le décret du 9 mai 1874 applique aux Français autorisés à porter des ordres étrangers les dispositions disciplinaires qui régissent les membres de la Légion d'honneur et les dispositions du

dans le mode de porter les insignes des ordres étrangers, et augmenter la juste considération qui doit s'attacher aux décorations conférées par des souverains étrangers, et le prix de récompenses obtenues régulièrement et données à des services certains et vérifiés, le décret du 10 juin 1853 porte :

« ART. 2. — Tout Français qui, ayant obtenu « des ordres étrangers, n'aura pas reçu du Chef « de l'Etat l'autorisation de les accepter et de « les porter, sera tenu de les déposer immédia- « tement, sauf à lui de se pourvoir auprès du « Grand Chancelier de la Légion d'honneur « pour solliciter cette autorisation.

« ART. 3. — Il est formellement interdit de « porter d'autres insignes que ceux de l'ordre et

« du grade pour lesquels l'autorisation a été ac-
« cordée, sous les peines édictées en l'article
« 259 du code pénal.

« Art. 259. — Toute personne qui aura publi-
« quement porté un costume, un uniforme, ou
« une *décoration* qui ne lui appartiendra pas,
« sera punie d'un emprisonnement de six mois à
« deux ans. »

Les décorations persanes ne peuvent figurer
dans les vitrines des magasins, sur les voitures,
affiches, etc., comme moyens de réclame et de
publicité.

Les industriels peuvent reproduire l'image
des décorations persanes sur les factures et pa-
piers de commerce, mais à la condition que le
négociant décoré sera seul en nom, et que l'insigne ne sera jamais accolé à une raison sociale.

La décoration doit disparaître le jour où la
maison passe entre les mains et sous le nom
d'un successeur qui ne serait pas titulaire de
cette même décoration.

Seule, la médaille du Nichan-Ilmie est suspen-
due à un ruban rouge. Comme cette médaille est
très rarement donnée à des Français, il n'y a pas
lieu d'indiquer les décisions présidentielles ré-
glementant le port de cette médaille.

Pour les autres décorations persanes, le ruban
vert est porté sans la décoration réglementaire.

APPENDICE

Son Excellence le Général Nazare Aga

Yemin-Es-Saltané

Envoyé-Extraordinaire et Ministre Plénipotentiaire de S. M. I. le Schah de Perse

S. EXC. LE GÉNÉRAL NAZARE AGA

Envoyé Extraordinaire et Ministre Plénipotentiaire de S. M. I. le Schah de Perse.

La biographie de cet éminent diplomate n'est plus à faire ; nos confrères d'Orient et d'Occident l'ont depuis longtemps publiée dans leurs feuilles les plus accréditées et depuis bientôt neuf lustres ne négligent aucune occasion de faire son éloge.

Nous qui avons l'avantage de le connaître et d'être honoré de son amitié depuis notre arrivée en France (1878), nous avons pu apprécier ses qualités supérieures et les avons célébrées dans les trois journaux que nous dirigeons à Paris ainsi que dans nos correspondances aux feuilles d'Orient. Nous sommes donc heureux en adhérant au désir de notre cher confrère et excellent ami M. Brunet, l'aimable directeur de la Revue des " Actualités Diplomatiques et Coloniales " d'encadrer le portrait du distingué et intelligent ministre persan de quelques notes où nous essayerons d'exprimer l'amitié, l'estime et l'admiration qu'il nous inspire.

Le Maréchal Nazare Aga, qui conserve par modestie le titre de général, est aujourd'hui aussi connu en France qu'en Perse et aussi populaire à Paris qu'à Téhéran. Aux trois dernières Expositions Universelles, tous les Parisiens, grands et petits, l'ont vu aux côtés de ses Souverains : Nasser-ed-Din Schah, de glorieuse mémoire, et Mozaffer-ed-Din son digne successeur. Oui, le général Nazare Aga accompagnait partout son Auguste Maître, dont la haute sollicitude et la bienveillance ne lui ont jamais fait défaut. Le titre si envié de Yemin-Es-Saltané (la main droite de l'Empire) lui a été conféré en récompense de sa fidélité et de son dévouement à son pays qu'il sert depuis cinquante ans.

Ah ! si nous ne craignions d'offenser l'excessive modestie de cet aimable et spirituel Ministre du Schah, nous dirions qu'il est un véritable polyglotte possédant sept langues à la perfection ; nous célèbrerions ses connaissances historiques, scientifiques et littéraires ; nous dévoilerions son cœur généreux et son âme charitable auxquels on ne fait jamais appel en vain. Mais si nous faisions cela, nous perdrions son amitié qui nous est pré-

cieuse ; oui, précieuse, car nous lui devons l'insigne honneur d'avoir été reçu par S. M. Mozaffer-ed-Din Schah et par son Vénéré Père qui ont daigné nous traiter avec bonté et nous ont conféré de hautes distinctions dans leurs ordres impériaux.

Faut-il dire un mot ici de l'estime sincère et de la légitime admiration dont LL. EE. le Général et Madame Nazare Aga jouissent auprès de la haute société parisienne ? Non, car on n'a qu'à voir l'acceuil chaleureux, presque enthousiaste qu'on leur fait dans les réceptions officielles et dans les salons du grand monde pour s'assurer qu'ils sont universellement aimés et considérés.

Quant aux sentiments du général, de Madame Nazare Aga et de leurs charmants enfants envers la France et les Français, nous pouvons affirmer que cette terre hospitalière leur est presque aussi chère que leur propre patrie et ses habitants leur sont aussi sympathiques que les nobles fils d'Iran.

Il ne se passe pas un mois sans que nous nous rendions une ou deux fois à la légation persane pour présenter nos hommages à l'aimable et bienveillant ministre et pour passer quelques instants agréables en sa société si intéressante et si instructive, et nous ne quittons jamais sa présence sans avoir appris quelque chose de beau, d'utile et de vrai. Nous terminons ces lignes en faisant des vœux, que le Très-Haut exaucera, pour la longévité de S. M. I. le Schah et pour le bonheur de son digne représentant à Paris.

Le Cheikh Abou Naddara Chaer-el-Molk.

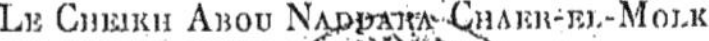

TABLE DES MATIÈRES

TABLE DES GRAVURES

GRANDE IMPRIMERIE DU CENTRE. — HERBIN, MONTLUCON

Les Actualités Diplomatiques & Coloniales

REVUE INTERNATIONALE ILLUSTRÉE

MENSUELLE

Directeur Rédacteur en Chef : J. L. BRUNET

FRANCE ET COLONIES ET ÉTRANGER

RÉDACTION ET ADMINISTRATION

Boulevard Saint-Germain, PARIS